2022

中国少数民族
文学之星丛书

顶碗舞

阿人初 著

作家出版社

编委会名单

主　任：邱华栋

副主任：彭学明　黄国辉

编　委：刘　皓　赵兴红　翟　民　党然浩

以民族的情意，打造文学的星辰

——"中国少数民族文学之星"丛书总序

邱华栋　彭学明

　　"中国少数民族文学之星"丛书是中国作家协会少数民族文学发展工程的一个新项目，于2018年开始实施，由中国作家协会创作联络部具体组织落实。出版"中国少数民族文学之星"丛书的目的，是重点培养少数民族文学中青年作家，打造少数民族文学精品，为那些已经在少数民族文学界和全国文学界成绩斐然、广有影响的少数民族中青年作家再助一力，再送一程，从而把少数民族文学最优秀的中青年作家集结在一起，以最整齐的队伍、最有力的步伐、最亮丽的身影，走向文学的新高地，迈向文学的高峰，让少数民族文学的星空星光灿烂，少数民族文学的长河奔流不息。以文学的初心，繁荣民族的事业；以民族的情意，打造文学的星辰。

　　入选"中国少数民族文学之星"丛书的作家，必须是年龄在50岁以下的、在少数民族文学界和全国文学界广有影响的少数民族作家。不管是否出版过文学书籍，只要其作品经过本人申请申报、各团体会员单位推荐报送、专家评审论证和中国作协书记处审批而入选的，中国作协将在出版前为其召开改稿会，请专家为其作品望闻问切，以修改作品存在的不足，减少作品出版后无法弥补的遗憾。待其作品修改好后，由中国作协统一安排出版，并进行广泛的宣传推广。

中国是一个多民族的大家庭。每一个民族都沐浴着党的民族政策的光辉、感受着党的民族政策的温暖，都在党的民族政策关怀下，蓬勃发展，欣欣向荣。在这个伟大的新时代，我们正创造着中华民族的新辉煌。每一个民族的发展与巨变，每一个民族的气象与品质，都给我们提供了生生不息的创作源泉。我们每一个民族作家，都应该以一种民族自豪感，去拥抱我们的民族；以一种民族责任感，为我们的民族奉献。用崇高的文学理想，去书写民族的幸福与荣光、讴歌民族的伟大与高尚；以文学的民族情怀，去观照民族的人心与人生、传递民族的精神与力量。

我们期待每一位少数民族作家，都能够到火热的生活中去，到广大的人民中去，立心，扎根，有为，为初心千回百转，为文学千锤百炼，写出拿得出、立得住、走得远、留得下的文学精品。不负时代。不负民族。不负使命。

目 录

有词语，足以创造爱

沈 苇

　　阿人初，本名麦麦提敏·阿卜力孜，我一直叫他小麦，新疆文学界的各民族朋友也都这么称呼他。

　　2012 年初，我已主编《西部》两年，提出"寻找多元文化背景下的文学表达"的办刊宗旨，对这本"新疆文学第一刊"进行了全新改版，有自治区主管教育的领导向我推荐了麦麦提敏·阿卜力孜的诗歌，说这是一位很有才华的维吾尔族青年，在"内高班"众多学子中，他的"双语写作"是一个值得关注的文学和教育现象。

　　当时，小麦是北京通州区潞河中学新疆"内高班"的高三学生，已在中国文史出版社出版了第一部汉文诗集《返回》。潞河中学是一所百年名校，十分重视学生"诗教""美育"等艺术素质和健全人格的培养。小麦是幸运的，他遇到了主张"文学教育应该是学校教育的一种生态"的徐华校长，遇到了学校文学社的指导老师、小说家张丽君，遇到了（校）文学社里思想活跃的汉族同学……他们都给予他不少关心和帮助，特别是张丽君女士，小麦称她是自己的文学"启蒙老师"。从新疆和田皮山县偏远乡村里一位怯生生的小男孩，到北京"内高班"里的成名诗人；从连一句汉语都说不流畅，到娴熟掌握汉语去书写、写诗并出版诗集，这是小麦的一次人生的突进，一次质的飞跃。两年多后，小麦获得《西部》设立的"西部文学奖"，专程把喀什土陶制作的别致奖杯送到潞河中学，是为了报答母校的知遇之恩、培育之恩。

2012年夏天，小麦考上江苏大学，读自动化专业。从皮山去江苏上学前，他专门到乌鲁木齐来看我，带来诗集《返回》和一些新写的诗歌作品。这是一位帅气的维吾尔族小伙，双目有神，说话诚恳，有点羞怯，求知欲强，对世界、对新事物充满好奇。他的汉语口语不是很好，但书写能力很强，甚至比新疆许多同龄的90后汉族青年诗人、作家都要出色。大学期间，我们一直有联系，交流文学，切磋诗艺。他投给《西部》的组诗《石头里的天空》，于2014年获得"喀拉峻杯·第三届西部文学奖"。授奖词写道：

> 太阳、眼睛、光明、爱情……这些张扬青春活力并具永恒光芒的字眼，屡屡出现在麦麦提敏·阿卜力孜的笔下，成为他诗歌的主调。由此开掘表象后的本质及其潜藏的哲学意义，使他的诗歌具有维吾尔族传统诗歌中的抒情元素和哲理色彩，结构的回旋、反复，意象的差异性指向，语言的澄澈、质朴，带给我们新鲜的阅读感受。麦麦提敏的诗歌创作和诗歌翻译，为我们提供了一条走近、认知、欣赏维吾尔族青年诗人和边疆新生代诗歌的有效途径。

2015年，读大三的小麦出版了第二部汉文诗集《终结的玫瑰》，"理工男"这一学子身份并未困扰他，影响他对诗艺的持续求进。2016年夏天，小麦从江苏大学毕业，返疆待业。2016年底，我到新疆作协主持工作，担任常务副主席兼秘书长，在我和"双语小说家"阿拉提·阿斯木主席的共同举荐下，经新疆文联党组同意，小麦到作协工作。在作协期间，他主要负责"新疆作协"微信公众号的运行，编辑《新疆作家》杂志，协助、参与培养少数民族"双语写作"青年人才，在文学翻译这一块也倾注了心力，翻译出版了诗集《无人》、长篇小说《潮》等，个人的诗歌写作也在求变、进步，获得了《民族文学》年度诗歌奖。2017年夏，新疆作协与深圳诗歌阅读馆、伊犁州作协在伊犁特克斯喀拉峻草原共同主办"对话新疆少数民族诗人"活动，研讨小麦和锡伯族诗人郭晓亮的作品，国内知名诗人、诗评家耿占春、树才、刘海星、朵渔、亚楠、阿苏等，对小麦的诗歌写作都给予了高度评价。

今年，小麦的第三部汉文诗集《顶碗舞》入选中国作协"中国少数民族文学之星"丛书，即将出版。他希望我能为诗集写序，我便痛快答应下来。

乍看诗集名——《顶碗舞》，还以为是一部"非遗"主题的诗集，其实不然，这是小麦的幽默感和认真选择，不禁令人想到米兰·昆德拉的"玩笑"。其中的《顶碗舞》一诗，也不具有"非遗性"、风俗化的切入点和写作特征。"地球上的人，身体负重，/拖着沉重的眼睛，/看着瓷碗在女人的头上优雅地旋转——如同地球。"这样的开篇和表达是出其不意、富有新意的，一下子有了时空的宏阔感。女性之舞，既轻盈如蝶，又沉重如山，在"天"与"地"、"轻"与"重"之间自如转换、更迭、起舞。这样的舞蹈，来自"被捕获的肉体啊，易烤的肉体啊，干柴的肉体啊"，来自"火"与"渴"，能够使观者产生眩晕感："地球上的人眩晕，/他的蝴蝶灵魂支撑着他的肉体，/轻柔的美支撑着他的灵魂，/以其负重，如同压在大地上的大山。"曹雪芹借贾宝玉之口说得对，"女儿是水作的骨肉，男人是泥作的骨肉"。在小麦诗中，"顶碗舞"也是女性的"水之舞""水之梦"，舞者与观者"身体里的水为死神解渴"。而写作本身、诗歌本身，何尝不是语言的"顶碗之舞"呢？

小麦在《顶碗舞》里塑造了轻盈而负重、具有爱之普遍性和泛灵色彩的女性形象，并不断演绎、变奏、强化这一主题，因此，从整部诗集来看，弥漫着一种强烈的女性崇拜和母性崇拜，具有一种男性平等主义带来的刚柔并济的"女性意识"，甚至产生了一种由男性的"女性意识"激发的"觉"与"悟"。发表于《人民文学》的诗作《我的灵魂仿佛一个吃到初乳的婴儿》颇有代表性，"我在仰卧的女人身边／我们的言说像玫瑰的绽放／于是我们的嘴唇张开／……于是我们的眼睛睁开／先是彼此交换我们的呼吸／然后，我们一起／深入一些不明事物中／我用她替换我／而她用黑夜替换我"。这里的"替换"，更准确地说，应该是一种"交融"——"我"与"她"、男性与女性、阴与阳、水与土、天与地的交融、合一，一种原生而天然的水乳交融。如此，"我的灵魂仿佛一个吃到初乳的婴儿"，能够"战栗一下、战栗一下"地"支撑起整个黑夜"。在写给新婚妻子的《沉重的爱》一诗中，女性是"有花之光"和"灵魂之光"，把我们从噩梦中拯救出来，"太阳。蓝色。云／灵魂再次复位"。

写母亲，写母性崇拜，是诗集中着墨最多、用力最深的，《母亲的幻想》《母亲的乌鸦母亲的秋》《母亲的四月》等，都不断回旋、反复这一人类最基本的"无限主题"。在《母亲的幻想》中，离家的诗人对自己母亲有一种负罪感："有罪于将我领到这一世界者，／有罪于让我听到自己的心声者。"只有将自己的爱和梦都变成一种幻想，离家的诗人才得以安心。而"母亲，／是在世界上唯一能够幻想／而无需恐惧于幻想的东西"。如此，诗人才能深情地道出："母亲，我爱你。"母亲有时是具体的、独一的，有时又是抽象的、泛化的，同样是"如此不堪一击的人啊／悬于天与地之间"（《失重》）——"母亲"既像一个"秘密行进的词"，"拖得格外长的词在那里跳动"，但同样是一种宿命般的"受制"。

"水作的骨肉"与"泥作的骨肉"是对位而交互的，性别的那一边是"顶碗舞"／"水之舞"，站在性别的这一边，诗人说自己是"一个吃土长大的人"，脚下总有令人迷失的无限的土路。联想到和田绿洲一年250天以上的风沙天气，这样的表达具有气候学和舆地学的象征意味，也有了"地理心灵学"和"心灵地理学"的多重意蕴。人，来自尘土、归于尘土，所以，每个人在原则意义上和本质意义上都是"土地的人"，"从降生到大地上／从地上搬到地下／他身上带着沉重的土地／带着天上降下来的土／带着脚下扬起的土"（《土地的人》）。"土"与"草"密切相关，"命如草芥"不是一种自嘲，而是道出了人之卑微、渺小。小麦虽出生于昆仑北麓的南疆绿洲，但对"草原之草"也是相当熟识的，"风吹哪棵草／都是身份的否定——""我们移动，我们迁徙／……而风吹哪棵草／都是意义的掏空——"（《风吹哪棵草》）。在"身份否认"和"意义掏空"之后，诗人何为？我们的内心和"主体性"，如何重建？"诗性正义"又如何在时代诗篇中诞生、莅临？或许，正如小麦在诗中写到的那样，需要借一杯"还魂酒"、"夏娃给予亚当的苹果"，"与无意义的墙发生深度关系"，与现实、历史和虚拟世界等实现交互、共融、并置。而在今天的我看来，诗与诗人必须历经"爱"与"救赎"之路的崎岖、颠簸，就像《诗的乌鸦》（一首有震撼力和穿透力的优秀长诗）中的"乌鸦"，它是象征的、隐喻的、多义的、悖论的，是主体也是客体，不只是黑夜的化身、被诅咒的对象，它"比心脏重一点点"，像一朵黑玫瑰一样绽放，"乌鸦"的多向度和发散性、抒情性和哲思色彩，直接对应人性的丰富、多姿。我们必须经由如此这般复杂而幽暗的人性，才能找到诗的"获救之舌头"。

我充满了夜晚，而星星充满了我

我伸出手臂，环抱梦

太阳在一棵树上升起

一棵树在我长大

树上结满了果实

来，把这些果实摘了去吧

《来，把我摘了去吧》是诗集中的一首短诗，我把全诗摘录于此。它具有主客交融、物我合一的意味，更重要的，这里的"果实"，我视之为"爱与救赎之果"，是有梦、充满、生长、上升，是诗的果实累累、瓜熟蒂落。这首短诗，也呼应了诗集中明亮的开篇之作《爱的宣言》："你／初升的新太阳／在心头肉""你／石头与鸡蛋的游戏／让灵魂得到救赎"。是的，《顶碗舞》总体可看作一份诗性饱满、情感炽烈、抒情特征鲜明的"爱的宣言"，语言如"石头撞击石头"，飞溅火花与碎屑，作为一名诗人，既要"把爱也精打细算／如同数钱。／／如同数钱，／也数数命运的玩笑／和仅有的十根手指头"（《儿时的花朵》），同时，要把爱写在纸张的两面："最优美的诗：生命／最完美的诗：死亡／这两首诗写在一张纸的两面／这张纸：爱"（《六首无名情歌（组诗）》）。诗歌要记取和书写的不是仇恨、冷漠和隔离，诗人的责任与使命是"创造爱"，还有梦想、祝福、祈祷，小麦已怀抱这样的信念和决心：

而我们不是亚当和夏娃。

没有禁果。

没有毒蛇。

有词语

足以创造爱。

——《创造爱》

《顶碗舞》是一部具有现代意识、探索精神和民族特色的诗集，"双语写作"所内涵的语言／命运"共同体"意识（小麦／阿人初／麦麦提敏本身也是一个"共同体"）具有不言而喻的现实意义，而诗歌作为内心真实和情感记录，它以切片、分行方式的呈现，也可以成为社会学、人类学和民族志研究的对象。《顶碗舞》的出版，对边疆少数民族青年诗人、作家的"双语写作"，也无疑是一个激励。如果要说诗集中的一些不足，还是存在的。譬如抒情惯性带来的直抒胸臆、脱口而出，显得急切了些，有些短诗缺少沉淀和反复推敲，单向度的表达难以抵达复调性的多义和纵深；有的作品有筋骨，但少了些血肉，不够饱满、丰润……这些，都需要在今后的写作中加以琢磨、改进，唯有上下求索、不断精进，才能抵达诗的至臻之境。

是为序。

2022 年 6 月 30 日于杭州钱塘

爱的宣言

你

黄昏突如其来的雨水

在大地上

你

不停地前进的火车

在黑夜里

你

帆船的汽笛声

从远方而归

你

无比安静的杨树

在乳色月光中

你

呼啸的沙漠，移动的沙丘

在狂风中

你

圆满的月亮

在浩瀚星海

你

初升的新太阳

在心头肉

你

无限的寂静

在耳朵里

你

绿色的影子

在四月人间

你

一声巨响

震破所有幻想

你

暴风吹落的树叶

叶落归根

你

土路上的车辙

承载着人生旅途的所有记忆

你

田里着霜的麦子

喂养我的梦

你

流淌在血管里的血

承载着生命的重担

你

眼中暗淡下去的光芒

让星辰灿烂

你

滴答滴答从水龙头滴落的水滴

滋润我的荒漠

你

在空中飞翔翻滚的鸽子

把天空带给我

你
我转身看到的身影
不离不弃

你
在脚下迷失的无限的土路
我这个吃土长大的人

你
蓝色天空的红色野玫瑰
神圣、热情、黑暗的玫瑰

你
为我的生命打手鼓的死亡
人啊，唯有一次机会品尝死亡的滋味

我爱你
像一粒沙，分成一千粒，被风吹散
像一滴水，向一千粒沙子中渗透
从火车的窗户看着西落的太阳
对着镜子，自言自语地爱你

我爱你
在毛驴车上载满胡杨木

在人的荒芜上躺下，仿佛无边无际的塔克拉玛干
用你的皮囊裹住我的心
用你的发丝在心上绣出红玫瑰
在你的黑眼睛的大海中沉没
在你的山峰上流浪地爱你

我爱你
把空杯子翻倒
一半杯天空，一半杯土地
在窗台上像大海翻滚，在床上像烈火熊熊
中午睡而醒、午夜醒而睡地爱你

我爱你
面朝东方，面向西方
绕着墙壁打转
夜里像灯一样发光，把所有语言都撒在纸上
吐血，写诗地爱你

我爱你
盯着从眼前跑过的赤裸的树木
把门朝无人的街道打开
用鸟的语言对石头说话，用眼睛对人们说话
静静地唱着歌爱你

我爱你

路，从我的脚下朝你延续

河，从我的血脉朝你流淌

我长满细毛的胸脯向你袒露地爱你

我爱你

你在我的前边，你又在我的身后

你在我的左边安静，在我的右边舞蹈

你充满了我的整个眼睛，你在我的语言里

你是我的身影，你是远方的陌生的我

你在墙中，你在床上，你在水中，你在镜子里

你在眼泪中闪光，你在石头上长出来

你孤独地在月亮之上，你孤独地在沙漠上爱你

我爱你

你在我写字的笔嘴里

你在我出格的诗中

你在我涂黑的纸上

你在我的身体内爱你

我爱你

我在我的沉默中爱你

我在我的梦话中爱你

我在我的迷途上爱你

母亲的幻想

母亲从火车站出来。

先出来了母亲的轮廓，

然后是穿得太长而褪色的棕色仿皮大衣，

接着是眼睛，

最后是她善良的灵魂，

我在她麦色眼睛中看到了自己。

我离开家已经很久，

无时无刻不在想念母亲。

直到此刻，

我所想念的是一个抽象的轮廓，

而不是具体的眼睛、面孔或者手。

一切具体的东西都让我深陷无穷的恐惧之中：

一切具体的东西都带着现实的烙印。

母亲向我走来，

就像靠近一片树林那样，

我带着几分好奇、恐惧和痛苦——幻想被证明是幻想——

和母亲寒暄，去接她的大包。

我离开家有一些时间了，

在家待得越长，

越远离世界的中心：

迷失于自我之外的一切，找不到路。

于是负罪感油然而生：

有罪于将我领到这一世界者，

有罪于让我听到自己的心声者。

路滑，

我先是挽住了母亲的胳膊。

母亲每每迈出一步，

就打滑一次，

我干脆抓住了她的手，

扶着她。

抓住母亲的手，

我感觉到母亲是具体的；

母亲爱我。

同时，一个可怕的事实也浮出水面：

过去的时光里，

将我和母亲连接在一起的，

并不是我对她的爱，

而是我对她的幻想。

到头来，在这人间，

在这梦幻的都市，

我靠着幻想活着——
我连将自己的爱和梦都变成了一种幻想，
才得以安心。

母亲将我的租房收拾整齐，
顺带整理了一遍我的生活，
在我的生活撕开了一个口子。
我看着她。
我又开始幻想。
在我的所有器官中，
负责幻想的器官最敏感、最灵活、最高效，
仿佛体内活着的不是我自己，
而是另有一人。

母亲，
是在世界上唯一能够幻想
而无需恐惧于幻想的东西。
母亲，我爱你。

失 重

身体和脑袋只通过一根短线连着——
身体脖颈以下的部分
已失重

身体的天平
指针偏向风

禁锢身体的风
解放灵魂的墙

搅浑陶罐中的气息之后
身心向黑夜倾斜

如此不堪一击的人啊
悬于天与地之间

盲目的鱼

盲目的鱼
跳跃，在水缸中

盲目的鱼
跳跃，在河水里

盲目的鱼
跳跃，在大海里

盲目的鱼
在头颅内跳跃

鱼在跳跃
梦的鳞片坚不可摧
而我们在跳跃
从一条盲目的鱼到另一条盲目的鱼

制造现实

每个黎明

就像输油管中黏稠的石油一样

都要通过一个隧道

隧道口变化无常

成千上万次之后，有一次我们看到

一只雄鹰牢牢抓住了隧道口

甚至，雄鹰的爪子深深陷入了黑夜

最后一次通过这一隧道：

我从隧道口坠落下去

撞碎了一切镜子

雄鹰惊飞起来

带着整个隧道

坠落的闪电

闪电

带着天空坠落

只为把天空从无限的蔚蓝中救出。

一切在肉体中发生。

肉体在坠落，深深的蓝色伤口。

秘密行进的词

词被拖得格外长
模糊不清
我们看不见自己的名字
看不见魔鬼
也看不见天空的名字
只有被拖得格外长的词在那里交错，秘密行进

黑夜沉淀
在我们，穿越血河
伸展
只有被拖得格外长的词在那里跳动
在被拖得格外长的词里
拼命跳跃，功不抵罪

在被拖得格外长的词里
我们看不见自己的眼睛
不能创造忧伤
不能创造绝望
不能创造乱飞的蝴蝶花

不能赋予事物以灵魂

只能跳上书桌，破坏秩序或填满空白

在被拖得格外长的词里

闭着盲目的眼睛

在到处游荡

不怕撞到墙

我们喝我喝尾巴被拖得格外长的词

我们喝我喝令人不安的诗

我们喝我喝灼烧嘴唇的火

只剩下闭着的盲目的眼睛

晃动

震动天震动地

租 房

我即是我不能证明之物
在不能证明中
为了保持事物在原处不动
我先迈出左腿
把敞开的门敞开着锁好
把关闭的门关闭着锁好。

神啊，请放心
现在，我要迈出右腿
我不会栖居在那里。

而且，我不会像摇晃梦一样
摇晃鸟巢。

我的灵魂仿佛一个吃到初乳的婴儿

落日。白昼的残光
在仰卧的女人乳房上

我在仰卧的女人身边
我们的言说像玫瑰的绽放
于是我们的嘴唇张开
我们看见像一堵墙的隆起
于是我们的眼睛睁开
先是彼此交换我们的呼吸
然后，我们一起
深入一些不明事物中
我用她替换我
而她用黑夜替换我

那一刻
我的灵魂仿佛一个吃到初乳的婴儿
战栗一下，战栗一下
支撑起整个黑夜

诗的乌鸦

1

说，要有光
于是光一刀劈开黑暗
我说，哇哇
于是黑暗一口把光吞噬

2

衔来了橄榄枝
你们，人类，终于摆脱滔天洪水
而我，乌鸦，衔来埋在土里的核桃
你们于是得健忘症，记忆就从你们的脑海流走

空空白白

3

带来了语言

人类的巴别塔半途而废
我带来的，只有哇哇哇——
每个人的通天塔拔地而起

而你上升，由乌鸦上升，带着被诅咒的语言
黑色天空向你敞开
敞开向你敞开

多么地敞开—— 一切隐秘的事物由你带入词语
一切隐秘的联系由你带入语言

4

我挖，我挖，我挖
埋核桃
我的黑色长喙深陷战栗的灵魂，罪恶的灵魂，被诅咒
的灵魂，痛苦的灵魂

5

落在枝头上
树枝被压弯
飞离枝头
树枝又摇晃一下

最沉重的，就是我的影子——
重过灵魂

6

哇——哇——哇
劈开是我的行为，劈开联系着一切事物的青丝！

7

当心你的头！当我飞过你头顶时
当心你的心！当我飞过你头顶而哇哇叫时

8

你昏睡，我就哇哇叫
你清醒，我就哇哇叫

你如果是一只乌鸦，我就哇哇叫
你如果是一位先知，我就哇哇叫
你如果是一缕青烟，我就哇哇叫

9

我，给黑暗的肥料

然后是果实

然后是雾

再然后是眼睛

10

你梦见我

你就会跌入万丈现实

你在现实里看到我

就会扔来石头

我是你的地狱！

11

用手掌舀水吧

水会从手指间流走

你膜拜一块石头吧

石头会滚下来砸烂你的头颅

说乌鸦乌鸦乌鸦

你就是爱之国的永恒国王！

12

把你的痛苦留给我
把你的堕落留给我
把你的忧虑留给我
把你的信仰留给我
把你的罪恶留给我

这一尘世，你唯一要做的
就是——哇哇叫

13

说乌鸦，你指的是情人
说情人，你指的是爱
说爱，你指的是死亡
说死亡，你指的是乌鸦
若不说乌鸦，愿泥土你的喉咙塞满泥土！

14

承受真理，你不曾毁灭过
承受痛苦，你不曾崩溃过
承受爱，你不曾散架过

可乌鸦一旦落在你头颅上
你就会低头

15

与杨树搞联系，你就会枯死
与人搞联系，你就会迷失
与乌鸦搞关系吧
只有持续不断的高潮！

16

我挥动翅膀，闪电遮住大地
我挥动翅膀，刀刃遮住天空

17

我解放词语：哇哇
我解放语言：哇哇

18

我拯救人：
啄断他的舌头

19

你追寻意义：哇哇
你追求爱：哇哇

20

我有两条黑色腿，我不走路
我长有黑色舌头，我不说话

21

我是第一位诗人
我是第一位读者

22

所有词语，始于我
所有语言，终于我

23

如果选择腿脚，你只会走
如果选择嘴唇，你只会说

如果选择眼睛，你只会看

24

别无空白，唯独我——乌鸦
别无虚无，唯独我——乌鸦

25

你看我，就是看你自己
你说我，就是说你自己
你爱我，就是爱你自己

26

我落在枝头，哇哇叫
你若要扔来石头，我就会飞走
我连你的影子都不冒犯
我是最仁慈的，最友爱的

27

我在梦里跳跃：哇哇
我在词语里跳跃：挥动黑色翅膀

我在头颅里跳跃：压弯树枝

我是你的噩梦：看吧，一个核桃被我的长喙埋入土地

28

——乌鸦叫
——我们在现实的皮层里跳跃
——乌鸦飞上天
——我们，总是坠落在远处

29

人呐，就像一根乌鸦的羽毛
受制于风
受制于天空
受制于土地

这烈酒，——够你喝——，
你要畅饮，大醉，慢慢吹起手掌里的乌鸦羽毛

30

太阳——乌鸦的蛋

黑夜——乌鸦的睫毛

而我们从梦的镜中往外跳——
从乌鸦蛋滑落
身体被乌鸦的睫毛刺穿——
受伤的是我们的灵魂

31

天平的一个托盘上放一颗心
另一个托盘上放一只乌鸦
天平的指针偏向乌鸦
乌鸦比心脏重一点点

32

别向我扔石头
石头打不到我
这是徒劳
让我飞走的
不是你们的石头
而是我的命运：
我不该预言——鸣叫
这是罪过：

气从口中出
成为你们推石上去的山

33

你们，土里埋种子
一颗收万粒
历史不中断
我呀，土里埋核桃
不发芽

34

我把白天还给白天
我把黑夜还给黑夜
然后，远走高飞

35

我就在你们体内
像掠过眼皮上的阳光

36

曾经几时，一个国王要娶四十一个妻子
而我，一个乌鸦抵得上四十一个国王

37

为了我，你们弃子宫而降生
为了我，你们受苦而被困于镜子中
为了我，你们死而成为土地的粮食
我的一切恩赐：哇哇哇

38

人中最有智慧者
以乌鸦为伴

39

为何你的歌唱像我的鸣叫
你工作为何不是诗歌

40

你们睡在大地之上
我，乌鸦，醒在你们之中

41

我，乌鸦，守护这样的人：
把肉体还给肉体
把灵魂还给灵魂
而自己终生不破坏影子寂静的人

42

我飞，绕着一只只脑袋飞
我飞，在长长的梦里飞

43

我哇哇叫，
只为破坏白天的梦夜晚的梦
而不是为了自娱自乐！①

———————————

① 维吾尔族民间有句谚语叫"乌鸦哇哇叫，只管让自己开心"。

44

我不发动战争
我落在树上
树枝被压弯
我飞走
树枝恢复原样

战争是对我的惩罚

45

通向乌鸦的路
并无边界
来吧
无需肉体的通行证
和灵魂的担保

46

右肩上有一只乌鸦
左肩上有一只乌鸦
往右走：哇哇
往左走：哇哇

47

让我衔来泥土
我衔来了水

喷向盗火者的眼睛

48

巴别塔的最顶端：乌鸦巢
众天使在那里过夜

49

迷失于乌鸦
是本质的和永恒的迷失

50

像青烟一样袅袅上升，笼罩整个天空的
是乌鸦
不是恩赐

51

栖居吧，你会栖居在乌鸦
说话吧，你会说乌鸦

52

飞走了，飞走了
是乌鸦，飞走了

聚在广场上的人们挥舞着肉块
陷入绝望①

53

当一群乌鸦黑压压地升空时，人何为
当乌鸦升空，枝头空空地摇晃时，人何为
当一只乌鸦哇哇坠地而死去时，人何为

54

没有杨树

---

① 在维吾尔族传说中，当一个国王去世后，幸福鸟会飞来，停落在谁的头上，谁
就能登基成为国王。因此，人们为了吸引幸福鸟落在自己头上，挥舞肉块，大
声喊叫。

乌鸦就不会停落

乌鸦不飞

母亲就不会走

乌鸦不叫

我就不会写诗

用黑暗、邪恶、危险的词语

55

所有的女人，都是乌鸦

正在脱去衣服的乌鸦

以初开的嘴唇滋养孤独

以压着天空的酥胸呼唤死亡的乌鸦

以梦诱惑我背叛现实的乌鸦

而我，饱受爱的结果之后

将会痛苦地死去

风吹哪棵草

风吹哪棵草

都是季节的否定——

高悬的月亮模糊不清

哦，迷途的羊羔，

哦，受罚者。

此刻，我们立于草地上

见证着

尽情享受草原款待的青草——

在我们终结

在我们终结

"款待"的概念

草原是我们的肉体

我们移动，我们迁徙

只带走了属于灵魂的苦

而风吹哪棵草

都是意义的掏空——

哦，模糊的月亮

哦，禁锢于纯粹中的灵魂

风从四面八方吹来
无处可去：
风吹哪棵草
都是精华——
夜空倒扣在头颅上
哦，草原的款待
哦，被压缩的弹簧——灵魂

风吹哪棵草
都是将会反弹的事物——
风的终结，自我的坍塌之处
我们喂养着孤独的灵魂

滋润世界的种子

——致一个画家、吉他手

我，沉浸在充满狂野力量的拥抱和接吻中

沉入海底的石头一样

被包围

水是压力

以其重压迫我的事物

我以我吐出的烟

渗入它内部

以我之轻

守卫它

相信野蛮的力量

来自脱离于我身上的一根肋骨

将我推入无人之地

将我的头静静贴在你乳房上

倾听词语时

你是我的母亲

我是婴儿

暂时地，我认识我

烟！烟！烟！

烟之轻中

我们深入对方

没有交换

此刻，我们是金苹果

就像婴儿吃奶

我们实现了我和你的绝对平等

我们同时抵达彼此的山峰

我们在彼此的眼睛中

使劲游向永恒的岸边：

将烟从牙缝里吐出是美的

向天空吹气是美的

将烟气吹入彼此的体内是美的

我们吐出的烟气遮住了脸

通过语言

我们更加深入

打开了一扇扇门

用你孤独的灵魂

用我灼伤的身体

滋润世界的种子

就像井盖压着整口井

拿着诗去敲门

开门的侍者看到了一只手

拿着诗去敲门

开门的主人看到了一只手

拿着诗去开门

门没有开

于是将一只手放在另一只手上

就像井盖压着整口井

诗压着双手——

压着世界的伤口

虚无不再膨胀

反光镜

反光镜
深深陷入事物内部
凸显虚无

煎熬的灵魂
舞蹈在反光镜中
一个动作
身上的一个器官就退化，掉落

黑暗决堤的那一刻
反光镜挡住了一切进攻

反光镜
反射光芒
和人类，蠕动在虚无的盲肠里

钻 井

钻了一块石头
石头支离破碎

钻了一块绿叶
钻出一个洞

钻了一只肉体
抵达死亡

钻了灵魂
捅了马蜂窝——
一切秩序被打乱
世界的重心消失

然后，钻了钻子本身
钻出否定

钻井戛然而止

空酒杯之歌

非常顺利
就像皮肤触及皮肤一样
灵魂
轻轻碰触
立即又分开

现实
只有空酒杯

格外响亮
号啕大哭
在空酒杯中

非常成功
把灵魂变成玻璃

非常成功
此刻，现实又一次打败一切虚构——
一块玻璃在黑夜中
闪着光——

梦的不能承受之轻

脑袋压在胳膊上
血液循环停滞——
手
不能伸向手
不能伸向脑袋

一手遮蔽太阳
一手遮蔽眼睛

梦压着脑袋
一片绿叶固定住一棵树——
生命之轻压过虚无之重
死亡不能伸手
结局并不毫无意义

一梦遮蔽脑袋
一梦遮蔽黑暗

手被梦俘虏

脑袋被梦托起

生命被梦完满

那么，睡吧

我们会在梦中醒来

还魂酒

没有了
灵魂
就像陶罐中的酒

肉体矗立着
就像托着太阳的绞架
恐怖，美丽，神秘

啦——啦——啦
眼泪往地掉落啊
我们向天上升啊
啦——啦——啦

从指甲尖到头发尖
从脚底到头顶
都是梦呀

用大海灌溉眼睛呀
用酒精湿润血液呀

从里到外啊
都是魔鬼

我们使天旋啊
地转

为了宽恕啊
陶罐
和梦
一切灵魂
和一切肉体
喝呀喝
还魂酒

吃苹果的后果

睡眠是苹果
——迷惑我
梦是苹果
——引导我：

夏娃给了亚当——苹果
我们，给自己——苹果

把苹果放在陶罐中
把灵魂放在陶罐中

我们，致命的苹果
结果在巨大的石桌上
盛宴在进行中
折磨自己
美啊，落满灰尘：

我们，吃苹果
牙齿咬破面具
苹果，吃我们
满足惩罚的欲望

深度关系

我们与一切光明的事物发生深度关系
与一切黑暗的事物发生深度关系
与这个仅凭词语而存在的世界发生深度关系
而且，与无意义的墙也发生深度关系
就像一夜情——

一夜情后
我们总是坠入爱河

就像人与神的关系
脆弱但永恒

眼睛是梦

眼睛是梦

带来梦幻

而不是真理

眼睛是梦

诗的结局

而不是意义的伊始

眼睛是梦

让我们坠入爱河

而不是解放爱

母亲的乌鸦母亲的秋

我孤独地坐在地球上想她，
而飞来了母亲的蓝色秋天。
我想与死亡为邻，一直挪移，
而母亲的乌鸦衔来了橄榄枝。

母亲的蓝色秋天，
像剥光了杨树，
把我对着黑果实剥光。
母亲的乌鸦，
停驻在我的身体顶不住的头颅上。
母亲母亲，你多爱我，
母亲母亲，我也爱你。

母亲的乌鸦紧闭双眼，
歌颂爱，
母亲的蓝色秋天，
硕果累累，
吃着我的花我的水。
母亲母亲，你多爱我，

母亲母亲，我也爱你。

孤独地坐在地球上，

我吃了母亲的乌鸦埋在地下的胡桃。

母亲蓝色的秋天，

结满多汁的无花果。

母亲母亲，你多爱我，

母亲母亲，我也爱你。

觉 醒

我不是钢铁，我不是玻璃

我仅仅是透明

让一切事物通过我而去

我不克扣任何事物

我不折抵罪恶

我既不是爱

就像太阳，从远方照射

我从内部透明

就像万里晴空

孤独地屹立在网中

沉默不语，陷入深思

睡眠占据我全身

如同充满天空的空气

我仅仅捕获梦

而我不是梦——

我置身于梦外

从梦中跳跃到梦中

河中随波逐流

将我抓住的，仅仅是梦的翅膀——

像拯救人类的一丝梦想

翅膀挥舞

我觉醒

在自我的深处——

翅膀挥舞，遮住眼睛

天空，大地

我从内部透明

让梦

和人类

借道而过

井与我们齐身

井跳跃到眼前
带着深深的水
井与我们齐身
等待着
永恒的杏花雪白地绽放

语言，如同夹在冬天与春天之间
缝隙中的杨树

当终于放下心中的不安

开始迈出步伐，为跳舞做准备

今天比昨天长了

但，命运的未知数未变

如同钥匙打开无数铁锁

但它的功能未变

我们彼此相望

嘴唇微启

此刻，语言

如同夹在冬天与春天之间缝隙中的杨树

当词语终于从喉咙里蹦出

话语意味深长

但词语还是那些词语

改变的只有位置

我们立身在大地上

比太阳低那么一点

比天空小那么一点

我们驮着灵魂
如同风筝系在自己的线上

落日余晖延长了我们的影子
先于我们走进黑夜

气 球

气球吹满了气

膨胀

呈现出透明的色彩

如同一些事物

膨胀后才会凸显出意义

气球忽略不计的重量

沉重地压着天和地

而头颅——

头颅压着我们的身体

严防我们的身体飘浮起来

变成另一个气球

化石树

一节一节，压着千万年的时间

以及永恒的真理

在人来人往的公园里

被人们遗忘，一个不起眼的小东西

唯有桃花

收藏那些眼睛和脚印

落在地上

开始变成化石的漫长旅程

我们站在那里

顶天立地

作为世界上唯一能够思考的东西

此刻，也是化石

压着自身

使自己陷入虚无

此刻，我们的语言——

石头撞击石头

母亲的四月

母亲

绿叶走到树枝

语言走到舌头

母亲

寒冬从人的身上走开

意义从语言的骨头中走开

母亲

春天受苦于叶长花开

人类受苦于废话连篇

母亲

白纸回到黑字

这个春天意味深长

无需动员杏花

沉重的爱

太阳——天空的伤口愈合又被捅破
蓝色——泛滥成灾，多余的镜子
云——灵魂离身后，被眼睛捕获的果实

总是无功而返
陷入自我的困境：
喂养孤独，以此填满黑洞
走过的街道、经过的房屋
披着黑色蝴蝶，思考着——
又有一条路，终结于脚底下
一口井，我们的天空
灵魂离身后——

一只沉重的鸟
落在树枝上
树枝被压弯

从众多的腿脚中看见你的脚
我从脚尖开始爱你

一座倒过来的山

这爱：从山顶爬到山脚

这爱——惩罚，被石头囚禁的西西弗斯和山

一朵深沉的玫瑰

独自支撑整个地球

托起人类所有的幻想

此刻，有花之光——

灵魂之光。纠缠在一起的两条蛇

伤害彼此，以此升华罪恶

把我们从噩梦中拯救出来

太阳。蓝色。云

灵魂再次复位

以爱的名义

割剩的麦秸

又轻又黄

有悖于……

有悖于自身：
眼睛充满了大地
肺里充满了天空

每一次睁眼
每一次呼气
都消耗梦幻
和爱

有悖于自身：
手指触碰着墙壁
舌头创造着词语

迷失于自身：
迈出右腿是一条路
迈出左腿也是一条路

每迈出一步
都是消费
爱

坐 标

在世界的头颅里

不安的虫子，穿着衣服，蠕动，搅乱坐标

我们从这个位置迁移到另一个位置

在虚空里跳跃

像失明的鱼

而裁缝的缝纫机疯狂地转动

缝掉所有尚未破损的工具和伤口

乌鸦与词语

乌鸦认真倾听并说出每个词

乌鸦托着风

词语压着天空

我们睡在梧桐树下

梧桐树睡在我们之中

乌鸦在梧桐树上

压弯了树枝

多么沉重的果实啊

乌鸦嘴里衔着天空的词语

贴近大地时

更贴近太阳和永恒

束手无策的爱

接触的深处
生命的火热被触发
命运的齿轮开始转动

现在，将去往何处
现在，将安身何处

体内的火山
爆发
的那一刻
一切变得虚无
在爱的眩晕中
我们，束手无策

等号

我们赤裸，跳舞在虚空里
我们交换呼吸
我们跳舞
描绘出等号
你我在等号的这边

再猛烈些吧
我们交换身体
我们渴望通过等号中间的缝隙
到等号的另一边去

再猛烈些吧
等号无限延长
我们交换等号
疼痛是我们伤口的膏药

我们跳呀跳舞如蝴蝶
而我们被卡在等号的中间
我们交换灵魂
于是等号开始倾斜

打核桃

多吃核桃

会补脑子

莫睡在核桃树下

会发疯

如同所有事物一分为二

带来希望

又带来恐惧

真相也是如此

而他

喜欢和天空打交道：

当他的鸽子在天上追逐翻滚

他便呵呵笑

仿佛他战胜了天空

而天空

最终还是打败了他：

他正在打核桃

脚下的枝干断了
他在一生中只飞了这么一次
如此短暂
甚至来不及享受飞翔的快感

卧床不起六年后
耗尽所有意志
耗尽所有希望
丧失行走的能力
和站立的概念后
他死了

鸽子仍在天上追逐翻滚
而天空变成了他的一部分
而他变成了核桃树的一部分

口 气

"语言仅仅是口气，

说也无妨。"

低头。

生活最重要，真理也会弯曲，但不会断裂。

父亲也喜欢雄辩，

对每个问题都有自己的辩解，

他不投降于任何口气。

"但是，不能说出口的话

不能说。即便话语是口气

口气也是空气——会参与天空的构成。"

河穿过每一人

河穿过每一人
像切过深蓝的雄鹰
缓慢移动的步伐
马蹄般
踢打着大地

而痛苦
从来都是一只温顺的鸟
轻轻挥动翅膀
不曾引起波浪翻滚

河向前
带着流水——
虚无，我们仅仅抓住的救命稻草
依然活着
我们的影子在落叶上跳舞
呼应着命运的呼唤
我们，穿过河水

出门记

门，赋予墙以形式。
蝴蝶穿过——人，
我们飞翔
在自身，而不是天空。

出门，不是从屋里出去
而是从自己的山谷中走出来。
夏末的绿色有点急切
刺入眼睛。

街道上人迹稀少——
果园里果实稀少。
突兀的水泥大楼
寒冷，阴森
硬是捅破了天空一道伤口。

向重心萎缩，
艰难地迈出步伐——
行走的树，

冬风降至
吹落叶片——
我们携带着大地。

夏末的绿色急切
涂抹着天空的伤口。

作为人

路把我们带至此处
如果要继续前行
必须经过这样一个人：
一个智者，思考着人类
所谓的命运：救赎

整个六月
被收割的麦子
他是丰收后的麦田：
入口，带着我们走过
镰刀尖上

而我们已不再关心
麦子和大地和乌鸦
庆幸于自己
在镰刀的影子下有个住所

作为人
我们踏上漫长的旅行

买房记

立于大地
头颅携带太阳
脚趾携带梦——
"生活就是这样
无房无立身处世。"

一桩买卖就这样发生
在陌生人之间
建立起永恒的关系

人独处时会胡思乱想一样
面对有点破旧的房子
人生会有什么变化
除了一屁股债

"终于可以落根了"
不，在这座城里
我们仅仅拥有一张床

生在床上
死在床上
离天空远
离大地远

以后就是还债——
学习如何成为芸芸众生的一员
习惯于欠债
"梦破碎后
活着有什么意义？"
意义在于：
镜子碎了，一个人变成千万个镜像
梦碎了，接受命运
像生活的试验者

舞蹈家

点燃蜡烛时
也要跳舞：
拉长的影子
掠过心灵
搅拌睡眠与梦

"即使生活打败我
也要保持乐观。"
并以夸张的舞蹈动作
唤起灵魂深处的意志
唤起山——
一只大鸟压在大地上

作为被赋予生命的人
活了一生
这就是结局：
在漫长的黑夜里
跳神
以图明白启示和命运

而此刻
夜晚是酒杯
醉于心跳——
温柔的抵抗

也跳生命之舞
也跳死亡之舞
面对永恒
唯有跳舞
意味深长

唯有跳舞
使人成为果实
供奉一切饥饿的事物

草苁蓉

拥有大地
拥有天空
在两千五百米的高度
拥有虚空

来过马
来过牛
来过羊
来过人
依然保持原样
以白色花朵
收获风的真理:
拒绝一切面具
人,无任何重心
在两千五百米高度
面对白花——
死亡不容任何欺诈

黄 昏

远处闪着灯
我们向远处出发

我们抵达远处
"光明的本质在于黑暗"

远处
我们享受黑暗、寂静和弯弯的月亮
"眉毛如月亮，眼睛如泉水"

恋爱时
我们享受乌鸦的叫声在虚无中传播
和黄昏时微微燃烧的晚霞
"最好的帷幕应该如此：
遮住天空，而不是眼睛。"

黄昏在我们身上升起
孕育着夜
"我们唱：太阳是我的心"

野玫瑰

呵，亲爱的天空
为大地上的人们准备了盛宴

呵，亲爱的大地
为天空上的人们准备了盛宴

唯有野生红玫瑰
是桥梁

地上的人们和天上的人们
同吃玫瑰

当所有的嘴巴一起运动
天上的人和地上的人
通过彼此
无限靠近

塔克拉玛干

总是敞开着怀抱
以时间的碎石
和玫瑰花一样绽放的天空

天空蓝得像虚构
低垂，渗透一颗颗心

皱纹——沙丘
梦如此古老，腐朽，以至于只剩一些残墙断壁

胡杨——
避难所，为天空和人

顶碗舞

地球上的人，身体负重，

拖着沉重的眼睛，

看着瓷碗在女人的头上优雅地旋转——如同地球。

女人的身体轻盈如蝴蝶，

眼睛闪着火光，

小辫子散开，

切开人的眼睛和灵魂——

被捕获的肉体啊。

地球上的人眩晕，

他的蝴蝶灵魂支撑着他的肉体，

轻柔的美支撑着他的灵魂，

以其负重，如同压在大地上的大山。

碗里的水倒进碗里，

地球的人紧紧抱住他的生命——身体里的水为死神解渴。

创造爱

我们深入彼此

不要光芒的无比痛苦的遮盖

甚至不要像太阳陈腐的嘴唇

一千个碎片上的天空里

在舞台上

神之舞之后

世界的伤口愈合，流血之后。

我们深入，摸黑深入彼此的黑洞

灵魂的根源处

我们接吻，甚至不要跨越永恒的桥。

之后

虚无破损的头颅贴近我们的胸口，沉睡。

而我们不是亚当和夏娃。

没有禁果。

没有毒蛇。

有词语

足以创造爱。

毫无征兆的大雨

雨下得更大。

这雨下得如此突然，

毫无征兆。

遭受突袭的兵营乱套了阵脚，

士兵们惊慌得发愣，

他们手中的武器此刻全部失效。

这雨下得如此突然，

一下子打乱了正常的生活秩序和事物之间的依赖关系。

雨滴猛烈地撞击在地面，

一滴雨滴变成四五滴，

反弹起来，

再次落地。

雨水撞击地面，

反弹，

再次落地的那刹那，

撞破了我和一切事物之间的无形轻纱，

撞破了墙。

我慢慢升空，

变成一朵云，

即变成了宇宙的中心。

享受这孤独的时刻：

事物之间的缝隙中，

满是虚无，

而雨水使之饱和，

使时间失效。

安家落户

在地球上
只求一间只身便能住的房子
在这座城市
一定会有我们的活路
就像人生的终点

看吧
在这春天，等待已久的种子
开始悄悄发芽。在黑暗的土壤中
我们也已蓄势待发
准备承担春天沉重的绿色
就像树木做的那样
我们会好好对待自己
和每一个陌生人

掐灭了蜡烛之后
夜重归于黑暗
试着赞美这个世界
虚无融入于我们
大海沉入一块石头

秋日的阳光

高速公路在大地上延展，

在自身挺进：于是我们来到了正午。

正午，人们不断聚集，停下脚步，停下公路的呼吸：

公路突然安静下来，在太阳底下延伸远方和焦虑的心脏。

郑重的仪式在进行：

我们的身份一一被验证和确认。

深秋的阳光找到了我们——

道路两旁的棉花地，棉叶已枯萎，棉花雪白，

此刻，我们置身于阳光摇曳的大自然中。

急着上路，继续我们的旅行——

有些人要回家，

有些人要远行。

在空中，碧空万里，

太阳的燃烧运动在继续，

晒了整整一下午的太阳，

我们终于暖和起来，

就像千古大地。

夜间火车

一列火车
载着白天和旅客，驶进黑夜。
钻进车厢的沙子
飘浮，落在灵魂深处。

我们密不透风的身体
挡不住夜晚、真相和梦境
袭来，
透过层层皮肉
抵达心灵深处。
此刻，灵魂深处的沙粒
令我们痛苦不堪。
我们开始生产珍珠。

一列火车
载着生产珍珠的旅客，
一些旅客彻夜未眠，
一些旅客彻夜未醒。
而茫茫戈壁，
埋藏着人间的盐。

儿时的花朵

正午的天空蔚蓝。
水上漂浮着风吹落的叶子和花瓣,
太阳温暖的秋沙鸭
在戏水,置身于人之外。
由近向远的水波
仿佛梦的荡漾。

正午的阳光强烈,
打在儿时的花朵上,
花儿依然芳香四溢。
而我们,缓步前进,
一个计算家:
把生命的每一天都要精打细算
把爱也精打细算
如同数钱。

如同数钱,
也数数命运的玩笑
和仅有的十根手指头。

土地的人

从降生到大地上
从地上搬到地下
他身上带着沉重的土地
带着天上降下来的土
带着脚下扬起的土

他身上带着沉重的土地
种葡萄。
用水和水
浇葡萄。
丰满的葡萄粒
像一颗颗浑圆的脑袋
在初秋成熟。

葡萄熟在空中。

"只管吃葡萄，
莫问葡萄从哪来。"
那句古老的话

深入人心人脑。

不管手中有无葡萄，
都习惯于不追问。

他身上带着沉重的土地
养鸽子。
用麦粒和麦粒
喂鸽子。
麦子——这神圣的粮食，
喂养肚子。

麦穗熟在天空中。

鸽子熟在空中。

他只是身上带着沉重的土地
每逢巴扎日必去巴扎——
穿过天真、老实、善良的人群
看看鸽子，看看牛羊。

最后，葡萄、鸽子、牛羊和人
从他的眼前消失。

只有记忆在工作。

土，我们唯一的安慰，

土，我们唯一的意义。

盲肠与故乡

故乡依旧
就在那。
南方的盲肠。
沙尘收容器。
阳光照在一切物体上
被反射回来：
镜子，不映现，
被安放在故乡的一切物体上。

落满灰尘的树木
失去了绿色的光泽：
如同钝器一般
冲进眼睛：
南方杀进眼睛。
灵魂坐立不安，
不是因为罪
而是因为空。

血管暴露在身外：

在大地上曲折迂回，
向历史和未来探索：
仅有的血液
缓慢流淌
蒸发。

新翻耕的土地
散发古老的孤独和无意义。

阳光依然强烈，
打在身上，
仿佛要摧毁肉体，
直至夜幕高悬。

谁能抓住梦？
谁能抓住南方？
我只是捧起一团沙，

刻骨铭心的记忆：
肠胃不能消化人间事物，
要归还被嘴巴吞噬的一切。

远 方

春雨下了一夜

天亮后

变成了雪

在墓地

白天是夜晚的远方

成为父亲后

把没有的变成有的

滋养子女

在大地

人与人的远方是爱

放入事先挖好的坑里

先让父亲倒进七个坎土曼的土

然后，一群人

七手八脚把坑填上

土里，掺和着大地和天空

从地上到地下

走了十二年
大地是人的远方

经受了春雨、白雪、夜晚和远方后
我们没有变成什么
依然是人的模样

地下虽然冰冷
别害怕
我们会跟上你
带着蛇一样的舌头
和古老的爱

战 栗

我像玫瑰一样战栗在忧虑的花园

而我的心是一朵明亮的玫瑰，承受不起你像雨滴一般沉重的爱

而我的身体是一匹黑马，欲从黑暗的底部向你奔腾

在因其明亮而黑暗的白天，我像太阳一样发亮

以你呼出的气息填满我的内部

在明亮的夜晚，我陷入黑暗

在爱的塔克拉玛干

因你充满我，我在睡眠的沙丘上打驼铃

孤独地坐在孤独之树的树荫下

高举空杯子，我把自己喝完

从此，我再也不渴望任何美酒

从此，我再也不知晓别的死亡

我像胡杨树枝的手指发觉到你像春天一样来临

反复念叨你在我记忆中的明亮的名字

我的玫瑰嘴唇

不停地朝你流淌，像塔里木河

在我的胸上，食盐闪闪发光如水晶

现在，我战栗如玫瑰
在爱的祭祀台上
半片天空被血液染成红色……

云上的路

这是一棵上半身被砍掉的树
这是一块站立起来的巨石
那是一栋凸起来的白楼
这三者之外的我
我们中间的深刻的空间
我们中间的深刻的时间
我们中间的深刻的关系
你在这个关系中自由地行走
你在这个关系中升到天空
而我们向深处记忆着

众漫游者啊，那些徘徊在睡梦边缘的众漫游者
你们来吧，从任意的方向向我来吧
走进我的体内的深处吧
我体内的深处：
一棵上半身被砍掉的树
一块站立起来的巨石
一栋凸起来的白楼
你们来吧，你们来吧

把你们手中的都扔掉
把你们的包袱都扔掉
空空荡荡地你们来吧

你也将充满他们，并升到天空
而你的足迹将是一条行走在云上的路

门 前

一只眼睛走过门前
目不转睛
一棵杨树走过门前
沉默不语

一条小河流过门前
平静无浪
一条土路经过门前
来去不详

走之前和走之后
门前空空荡荡
此门从未开启
无人进去

一条双眼失明的鱼
看见了这扇门
并朝它游来

永恒之果

他坐在一棵树的内部

当他坐下，时为午夜
直到现在，天仍未亮
于是
他自古以来苦苦等着天亮
静坐修身

那棵树开了白花结了果实
永恒之果啊
你熟透在嘴唇
但是，嘴巴够不着你

他坐在树的内部
啊果实，你也坐着，啊永恒

他在树的内部坐了长久
树终于有一天被风吹倒了
被土掩埋了

许多年之后，人们挖了出来
无价的化石，旷世珍宝

但是，他现在只是一块石头
想站立也无法站立
那棵树无法从他站立

他呀，无法从你站立
你也无法从他站立……

行 动

为什么接吻①?

为了叫醒自古以来一直沉睡的蝴蝶。

为什么接吻?

为了让一直明亮到末日的太阳之乌鸦安睡。

为什么接吻?

为了悄悄从时间的破马车上滑落下来。

为什么接吻?

为了使自己从饭桌上像风一样消失。

为什么接吻?

为了解放爱从而破坏镜子工厂的生产秩序。

---

① 在维吾尔语中"爱"和"吻"是同形词。

禁 果

我们从黑色舌尖坠落
——我们是禁果
落到喉咙
堵死了深沉的水
而我们不住这里

我们再一次
从喉咙坠落
——我们是禁果
落到胃肠
终止了消化运动
而词语与词语之间只要稍有虚空
我们就会挤出呼吸
从而解放自己

而我们提着头颅
——禁果

赋格曲

你命令我停下
我于是在一棵树的深处栖居
而这棵树长呀长

夜之鸟在树上停落
留下太阳的巢穴飞走了
我的眼睛闪着光
而这棵树长呀长

云雾飘落，完全遮住了树枝树叶
于是这棵树的根蔓延天空
我像水溢出杯子一样溢出自己
而这棵树长呀长

你带来了一些光明的黑果实
而他们的双手已经变成化石
你的黑果实吃掉了我的果树
然后，我获得自由，现在有何恐惧，有何欲望
而这棵树在鸟上飞呀飞

我的过程

星星挤满我的花园，并开放
然后，我像光芒一样散开
你的眼睛睁着合上
夜晚最终就是这个过程

我是夜之树上的一片叶
甜蜜的阳光照亮着我的夜晚
我轻轻触摸你的身体
于是你的翅膀展开
白昼最终就是这个过程

在夜晚与白昼的过程当中
我是最后的界限
没有事物能超越我
我也最终就是这个过程：
总有一天，我会燃烧起来
你在每一粒灰烬上都看到
一颗星星，一朵花……

在我的过程当中
你是一条走廊河流
一切都在你流动

在你的过程当中
我会抵达最后的终点
到远方，在你返回

无限的岸边
在你返回之后，我是一艘帆船
漂游啊漂游，漂游啊漂游
燃烧的大海最终就是这个过程……

在被风吹干之前

在夜晚，连带星星流进思想之后，

我们以彷徨的湿漉漉的灵魂

说起梦、床和睡眠，并缓慢地靠近

意义的森林。我们为自己的不幸而万分自豪，

从体内的黑洞里上升，犹如一条鱼，

我们的深邃无底的眼睛，凝固的云朵，

在外边的呼唤，石头的叫喊中

背靠孤寂的白墙。那是一堵古老的墙，

已经倾斜。我们必须依靠什么，

是河流还是荒漠，并公布于众。然后，

我们在黑暗中变得清晰可见，缓慢上升，

把在明镜中的面孔和钢铁的沉重的味道丢在背后

我们将回到故乡——故乡是一口深井，

是唯一一块儿我们可以回归的地方，因为我们

在那里从天空滴落，从地下长出，并在那里存在——

我们回归以后，夜晚也变得明亮起来——黎明，

——我们只要在风吹干之前回到故乡。

在夜晚，连带星星流进思想之后，

我们只说起梦、床和睡眠，

我们的灵魂彷徨，然而

我们所说的将支离破碎。

我们曾见过太多的面孔——

被太阳晒黑的脸——

火的脸、水的脸和那些面孔不一样，然后，

我们从铁栅的网孔之间流出，犹如水，

把大海的深渊丢在背后，

把关于春天和爱情的思想丢在背后，

我们回归到故乡——故乡是一口深井，

是唯一一块儿我们可以回归的地方，因为我们

在那里从天空滴落，从地下长出，并在那里存在——

我们回归以后，夜晚也变得明亮起来——黎明，

——我们只要在被风吹干之前回到故乡。

来，把我摘了去吧

我充满了夜晚，而星星充满了我
我伸出手臂，环抱梦
太阳在一棵树上升起
一棵树在我长大
树上结满了果实
来，把这些果实摘了去吧

风景画

高高的山岗上

站着一个人

不是人

是一棵丢失的门的树

高高的草原上

奔跑着一个人

不是人

是一匹突然下沉的马

高高的夜里

路边立着一个人

不是人

是一盏走散的灯

高高的树上

栖住着一个人

不是人

是一只形而上的鸟

高高的水中

游泳着一个人

不是人

是一条迎风跳跃的沙鱼

六首无名情歌（组诗）

1

我这炽烈的爱，变成了一棵树
向上，树尖顶破一层层浮云，抵触苍空
向下，树根朝土地内部挺进
在中间，荡漾着绝望、痛苦和孤独的果实

为了爱你，我高举手中的杯子
举过我的头顶
然而，这杯子空空如也，像黑影
缓慢地膨胀，压得世界如此深沉

我唱了一首关于这爱的绝望的歌
而我抽泣的声音消融在静默中
我的热血开始冰冻
在荒凉的夜里，我流向每一个黑暗的窗门

呵，这爱多么孤独
像墙壁一样苍白

像一条被浓雾笼罩的河，流入永恒的痛苦的大海

呵，这爱多么黑暗
像雨中的路灯，发出微弱的光芒
像这雨夜，沉没在你黑黑的眼中

呵，这爱多么炽烈
整个夜晚，让雨滴落在它的内部
像你潮湿的秀发，披散在夜晚的窗上

呵，这爱多么绝望
竟在泥泞里开出了美丽的罂粟
带着恐惧，赞美夜晚

这夜我又没有入睡
把双眼朝夜晚闭上

2

我燃烧着跟你说了一声晚安
然后往夜晚的床上躺下来，像一片荒凉的大海
稍稍侧身，面向虚无
然后以身体为乐器
演奏永恒的离别之曲

我的心向黑暗跳动
我以我眼睛为摇篮，摇动夜晚，直到它入眠

沉睡的女人哪
我走出睡眠、梦与夜晚
只为你

3

他把他的爱喂给他的猫
然后又给猫喂了他的眼泪
吃饱喝饱的猫
一蹦就跳上了他的床，开始咕噜地沉睡
世界充满了爱之歌
他无爱地孤独地倾听

等猫醒来，他抱起猫
轻轻地摸了又摸它
突然，猫发疯似的扑上去
把火红的爪子刺入他的双眼
然后又刺伤了他的双唇
顿时红血喷出来，仿佛太阳一样鲜艳

他放走了猫

然后磕磕碰碰地走到墙前，他已经失明了
然后用双手
打开了黎明的窗户，浓雾
笼罩着世界
啊，他开始用瞎眼睛阅读爱
啊，他开始阅读被浓雾吞噬的永恒的痛苦

猫走出了他的寒舍，变成一只流浪猫
沉睡的人们在他们的梦中听见一只流浪猫
正在敲打自己的墙

他的猫再也没有回来
从此，他过起了无爱的日子
没有眼睛可以看见恋人
没有嘴唇可以亲吻恋人

4

呵，我的女人
你为何将我向美酒掏空
让我高举着空空的天空之杯
在爱的昏暗的山洞里苦修

你为何将夜之果喂养在我的体内的深处

我的存在多么沉重
现在我展开着天空往下上升

5

移走你们的灯吧
难道你们没看见我双眼紧闭，不曾睁开

而我会背着自己的死亡
走出我的白昼
去充满整个夜空
到那时
你们就会懂得
这爱如何持续
从太初至末日

而我的工作
是毁灭自己，像雪花一样消融

6

最优美的诗：生命
最完美的诗：死亡
这两首诗写在一张纸的两面
这张纸：爱

鱼与灯

仅仅是一条鱼
在我与夜晚另一侧的沙海中间

仅仅是一盏灯
在我的头颅与天空的深渊中间

然后，我们相逢
鱼在你的手中
朝天空上方的深渊升起
灯在我的手中
移向沙海
匆匆忙忙
就像奔赴在生命的
宫廷里举行
的
晚宴

手

我们曾是手，掏空黑暗。

——保罗·策兰

1

我从深洞中出来，

在白昼，我闪着黑光。我不忧虑，

我是唯一的漫游者。

2

你把你的火焰手伸给我，

你把你的河流手伸给我，

你把你的根蒂手伸给我，

你把你的夜鸟手伸给我。

在那里——我痛苦的摇篮中，没有任何属于我的东西，

在那里，没有我的摇篮，

在那里，没有任何正在死去的东西。

我抓住你的手不放，紧紧缠住：

我抓住的是你拒绝乌云的岩石之手，

我抓住的是你让石头开花的春天之手，

我抓住的是你在海上吹风的天仙之手，

我抓住的是你将我从梦中带出的小舟之手。

就算抓不住春天的花蕾，

我就不放开你的手，因为你是我的花儿；

就算举不起夜晚的灯盏，

我就不放开你的手，因为你是我的太阳。

你的手会把我带给一切，

并把一切带给我。

然后我们就会超越

树木，根

盯着我们的眼睛

那一夜，我们无法走进的正午

靠近我们的远方

第一步

第七重天

我们就会超越

大海的蔚蓝，天空的碧绿

青草的绿色火焰。

这超越，只有在我抓住你的手以后

才能实现。

在我抓住你的手以后，

我的绝望就会失望，

你的孤独就会走远，

我们的遥远就会走近。

你抓住我的手，并把我从黑洞中拽出以后，

绝望的乌云就支离破碎，

孤独的早晨与傍晚的黑影就消散，

然后就看到一片晴空，

像水一样的晴空，

像你的眼睛一样的晴空，

像你的长发一样的晴空，

像你的嘴唇一样的晴空，

像你的拥抱一样的晴空……

你看见了吗，我的飞翔就在那片晴空中，

我的恐惧与不安就在那片晴空中，

我的鸟儿与落叶就在那片晴空中，

我最初的与最后的天空就在那片晴空中！……

3

以我的灵魂充满空间的你

以空间充满肉体的你

通过充满而使我空虚的你

我的根，我的大地

夜晚，黑暗的森林

破门而入

树木高举的火炬

点燃我已熄灭的灯，森林

梦，词语的群山

破窗而入

岩石那永远的荒凉的沉默

继续我中断的歌，梦

光，存在的荒漠

从天窗滚滚而入

荒漠上那条被黄沙淹没的最初的路

把我停滞的驼队领到远方，光

天空，最初的你

和最初的雨水一同来，乘着云

你以你的无名的泪水，你的沉重的雨水

像夜晚把我的空杯充满，天空

我的根，太阳

落山，夜幕像翅膀一样降临

我在空中飘浮，云朵在我的床上飘飞，我的根

我的大地，你们都在我的大地上沉睡

在闯入梦中的乌鸦的眼中闪着火光

被解放了的两条河流流进麦田里

润湿我的种子，我的大地

丰收季节

在天空的树枝上
太阳熟了
掉下来
掉到大山后边

在夜晚的树枝上
星星熟了
掉下来
掉到花园中

在土地的树枝上
人熟了
掉下来
掉到天上去

我从你的心脏升起

山峦清晰

杨树清晰

土地清晰

在天际太阳升起

照亮了黑暗的天空

仅存残雪的荒凉的土地

我从你的心脏升起

山峦清晰

土地清晰

天空清晰

你们经过我这里

他们经过我这里

火车经过我这里

遥远和近处在我这里相遇

清晰的山峦没有歌唱

清晰的土地没有歌唱

清晰的天空没有歌唱

一个荒凉的人

经过一棵树旁

经过我这里

你从你的内部升起

歌

如果我是一块石头
我将以我的永恒爱①你

如果我是夜晚
我将以我的黑暗爱你

如果我是一片落叶
我将以我的漂泊爱你

如果我是一团烈火
我将以我的灰烬爱你

如果时间夺取我的生命
我将以我的死亡爱你

---

① 在维吾尔语中"爱"和"吻"是同形词。

舌头与语言①

虚构游戏之后，
彻底虚空
气球，皮囊，
只有一群拍打翅膀的乌鸦般的梦。

在大地上游戏，
而人类，
有足够多的舌头——
足以掩盖齿轮转动的声音，
足以抵达寂静深处。

有足够多的舌头——
足以吻醒世界。
而清醒将人从世界分离——
就像飞翔将乌鸦与树枝分开
通过虚构游戏
人再次成为人：我们言说

---

① 在维吾尔语中"语言"和"舌头"是同形词。

转动的齿轮上并无乌鸦的停落之地。

通过虚构游戏，

人也飞翔——直抵自身——一座史前的破屋。

转动的齿轮，

彻底虚空舌头和语言。

通过虚构游戏

将舌头与词语再次分离，

就像昼与夜的分离，

就像皮与肉的分离——

看吧：乌鸦已飞离

树枝恢复原样。

而舌头的重量

使我们立于大地之上。

用眼睛的光芒

如同墓碑，

矗立在墓地，哭泣，忏悔。

你从残缺不全的事物中爬上来，

把停走的道路延续，

用眼睛的光芒。

如同被叫醒的乌鸦，

挥动翅膀。

我们挥动翅膀

挥动翅膀像你眨眼。

翅膀闪着光。

把停走的道路延续，

向星辰，向地下，向一颗颗跳动的和停止跳动的心脏。

我们赞美：

你是乌鸦，只需叫一声，

使残缺的事物完满，

使我们完满：

倒满的酒杯。

下 雪

下雪，虚构的空白：
麻雀在雪地里觅食，
野兔在雪地上留下脚印。

雪的深渊正在形成：
树枝被雪压着，
天空的飞蝶被大地的梦压着。

撒下网
雪落在网上。
我们吃雪：
用空白款待灵魂，
用舌头交换词语。

麻雀飞走，
野兔消失，
留下雪地——
空白，
把我们捕获，
在茫茫雪地上。

通过纱网

屋里，阳光强烈。
就像凸透镜，不是放大事物
仅仅是将一切事物的意义
汇聚于一点——自身，心脏。
屋外，阳光强烈。
天空希望自己是梦。

所有的事情，都是这样变形：
门困住锁，然后被困于墙上
只有那钥匙是自由的：
轻轻转动，
发出机器坏掉时的吱吱声。

此刻，我们通过纱网
交换空气
在阳光中留下一丝印记。

一阵冬风与雪

一阵冬风与雪

如期而至

落光了黄叶的树

插入天空

以示抗议

天空无回应

大地被雪覆盖

而太阳

如同黄色铜盘

凝固在虚无中

印象系列

1

像蓝色玻璃的冰
质疑着蔚蓝的天空：
我看到的是否真实
真实是否有作用？

2

我被安静吞噬
消化的结果：灵与肉合一

3

蒲草的飞絮
落在被冬天带走绿色的树上
赋予树以花的假象

4

预设
月亮有时候是乌鸦
太阳有时候是乌云
为死亡搭建戏台

5

天空是大地的问题
而大地不是天空的太阳

之间隔着强烈的阳光
和大地突出的心脏

6

阴影
在身上探寻
意义的黑鸟不在此处
美，让我痛苦不堪

7

三种语言，三块石头
在白色的戈壁上
击打着走动的黑影

8

阳光掠过眼皮上，像乌鸦
给我带来安静
我的身体开始膨胀，像气球
脑袋变成气球

9

记忆令灵魂负重
却解放身体
如气球。

10

一张孤独的面具
闪着光芒

11

从一段劳作中抬起头来
只有虚空
既不在白，也不在黑

12

麦穗的燃烧与他物的燃烧相同——
最终一切都是灰烬。
不同的是，是你在燃烧

13

雪的玫瑰
在和太阳的乌鸦谈判

14

当我做梦时
做得深
世界便进入我。

15

此刻，只有那一无用处的
瘊子般的灵魂
不合时宜地
依然保持着完美的形状

16

痛苦地眨眼
在眼皮闭和开的瞬间
一切事物喘了一口气

17

艰难地支撑起一盏灯
对准自己
仅仅是为了由黑影抵达事物本身

18

享受这孤独的时刻
事物之间的缝隙中
满是虚无

19

太阳强烈地
击打在青色苹果上
仿佛要照亮种子里的黑暗

20

压着大地的山
此刻压着自身
如同梦
而睫毛挥动的瞬间
梦从眼睛往外跳跃

图书在版编目（CIP）数据

顶碗舞 / 阿人初著 . -- 北京：作家出版社，2022.11
（中国少数民族文学之星丛书·2022 年卷）
ISBN 978 - 7 - 5212 - 2002 - 5

Ⅰ. ①顶… Ⅱ. ①阿… Ⅲ. ①诗集 – 中国 – 当代
Ⅳ. ①I227

中国版本图书馆 CIP 数据核字（2022）第 162402 号

顶碗舞

作　　者：阿人初
责任编辑：史佳丽　李亚梓
特约编辑：赵兴红
装帧设计：孙惟静
出版发行：作家出版社有限公司
社　　址：北京农展馆南里 10 号　　　邮　　编：100125
电话传真：86 - 10 - 65067186（发行中心及邮购部）
　　　　　86 - 10 - 65004079（总编室）
E - mail: zuojia@zuojia. net. cn
http: // www.zuojiachubanshe.com
印　　刷：唐山玺诚印务有限公司
成品尺寸：152 × 230
字　　数：31 千
印　　张：10
版　　次：2022 年 11 月第 1 版
印　　次：2022 年 11 月第 1 次印刷
ISBN 978 - 7 - 5212 - 2002 - 5
定　　价：45.00 元